JN046709

下村光男 遺歌集

角川書店

下村光男君の歌集に贈る歌

若き日の萬葉の旅かさね行きともに歌ひし君を忘れず

岡野弘彦

# 星降る寒の駅で

馬場あき子

下村光男が亡くなってからすでに多くの時間が過ぎた。彼は私が歌誌「かりん」を創刊したころ、しばらく一緒に活動したが、やがて自分の歌誌を作りたいと言い離れていった。

そうしたこともあってか、以後の動向について私はまったく知らされることがなかった。しかしその詩質は独特の魅力をもち、抜群のことばわざをもっていたので、その存在は心から離れることはなかった。

ゆく春や　とおく〈百済〉をみにきしとたれかはかなきはがききている

『少年伝』

これは下村光男の歌名を広く世に知らしめた『少年伝』（一九七六）中の名歌である。そのころの下村は激しい自負をひそめもちながら、表だっては温和な優雅さが親しみやすい人柄の歌人であった。必ずやその後の歌界にある種の地歩を占める歌人として注目されていたのだ。この歌ははるかな時間の彼方に、海彼の古きよき文化を秘めつつ滅びた百済への憧れである。下村の心のさびしさを代弁するのにぴったりのものであった。

彼は前川佐美雄、宮柊二、山崎方代に私淑していたというが、現実には多くの歌友の中にあっては孤独、ひとりはまして孤独、誰と対きあっても孤独の心をかかえてしまうのがその本領だった。

此度刊行される第三歌集のつもりだったらしい遺歌集の巻頭には次の歌がある。

銀河鉄道の夢より醒めて　四街道　星降る寒の駅におりたつ

彼の後半生のスタート地点をくっきり示したような一首である。彼はその四街道を拠点としてよく旅をしている。自然の中を旅し、書物の中を旅し、時に美術館に紛れこみ、どこかさびしい幸福感にひたっている。古代憧憬の気分や西行や芭蕉への思いが湧く旅の空間を、意外な緻密さをもって歩き、その歌が手文庫にたまる重さを心の拠りどころとして四十年が過ぎた。

これは一面から見れば、下村の勁い精神活動のたまものといえる。その歌の風体はやすらかで、短歌がもつ本来の美質に心をゆだねてうたうという、歌の王道をゆく風体であるのも、下村が到達した歌への答をなしているといえるだろう。

下村の同人誌「海山」の命名は前川佐美雄が彼の眼前で筆がきして与えたものだ。これをこの第三歌集の題名とすることを夫人が提案したとき、病床にあって下村は深くうなずいたという。

この歌集が遺歌集となったことに心から哀悼の思いを捧げたい。

二〇二二年四月三十日

# 哀別、抒情、愁烟の人

福島泰樹

第一歌集『バリケード・一九六六年二月』を刊行したのは、一九六九年秋。大学はバリケード封鎖され、路上には火炎瓶が炸裂し、学生は血を流して戦っていた。歌集刊行の翌年、國學院短歌会主催の講演会に呼ばれ、終了後会主催の彼らと酒を酌み交わした。学生の長（おさ）は下村光男であった。ほのぼのとした人間味を寡黙の表情のうちに漂わせていた。

秋になって私は東京を離れ愛鷹山麓の小村の荒寺に入山した。三島由紀夫が壮絶な最後を遂げたのは一九七〇年十一月二十五日、その十日ほど前である。東京を去る前日、角川「短歌」から依頼のあった三十首を、慌てて纏め上げたことなどが思い出される。埃を払い、頁を捲る。「短歌」一九七一年一月号、下村光男「わかれ」三十首が、私の「房総の沖」と肩を並べている。

ついに途上のままに閉じたるきみのその　入野　血噴かむまでの茜や
春きたりむれてミニゆくその脚の　にく　せつなかるまでに闌けつつ
どれがほんとの俺であるだかけんめいにこの春だけはかんがえただよ
曼珠沙華、墓原への径に咲きみだれ母よ美しく狂いて死にたる母よ

相聞の、切なる呼びかけと、奔流と屈折、その緩急自在な文体の妙に、したたかに打たれた。歌人下村光男との出会いであった。この年の秋、私は「短歌年鑑」（一九七二年一月臨時増刊）に「いま、一九七一年晩秋」なる一文を草し、三島由紀夫に捧げられた下村の「夜の鼓」（「環」33号）の、次なる作品を、「日本浪曼派」と対比しつつ、「悲痛な激しさをもっ」た作品として評価した。

さなりかかわり既にあらねど哭いてゆくこの坂すらやあわれ日本
なにをもて悼む　ひたぶるわれは誦し夜の鼓を打ちていたれど

散華とはちがう　されども筋骨にかなしダビデのごとき男よ
りんりんと暁の寺院に降りしきる雪よ　転生などおもわねど

次いで下村の作品を目にしたのは、アンソロジー『現代短歌'72』（現代短歌委員会）中の「70年代の狩人　全国新鋭作品集」においてであった。「みはればひとり」二十首が、永田和宏、佐藤通雅、河野裕子、三枝浩樹、大島史洋ら二十三人と鮮やかに肩を並べている。

あな　子はいかにさびし　何億光年の星と母の目の星とまたたき
みよや全山ことごとく朱に染めあげて盛りなり茱萸あきは逝くべく
乱はさびしく過ぎていちねんわれら問い擲ちて寡黙に生きる昭和を
まこと滅びへいそぐ首都にてみておけよこの終末のごときゆうぞら

書き写していておのずと唇が震え、舌が転がり、激しく情（こころ）がうごいてゆく。五句三十一音、擦過し合い、意味を孕みつゝ、重畳と織り成してゆく言の葉の妙！　これをしも思想と呼ぼう。

下村光男と最後に会ったのはいつであろうか。私の発表紙誌を収めた書棚を調べていたら、「短歌」一九七五年三月号「俊英座談会〈われらが裡なる短歌〉」に小中英之、高野公彦、成瀬有、三枝昂之、永田和宏らと共に出席している。

寡黙な人の、切れ長の目などが懐かしい。

ところで私は、一九七三年から「週刊読書人」に長文の「短歌時評」を連載していた。一九七六年三月、下村光男にふれたこんな記述がある。

「いま「短歌」五月号をあけると「桟橋」というタイトルで下村光男の写真が載っている。「潮来」という作品を発表しているところから推するに、背景は潮来なのであろう。写真を見て驚いた。両の拳をぐっと握りしめ悲しみを耐えている、いまにも号泣せんばかりの下村光男が痩せた桟橋の上につ立っている」。

七〇年代に入ってからの、若手ホープとしての下村光男の活躍ぶりが窺える。そ

して、同年刊行された下村光男歌集『少年伝』（角川書店・新鋭歌人叢書）から

　すこしずつみなたけてゆく春なればしいて怠惰にわれはてっせよ
　旅いそぐゆうべ奥羽の空に飛ぶ春いちばんをわれらはみたり
　そしてけぶれるごとくその掌をいだくさえあわれ激しく肉はにおうも
　みな若く肩にてくくと哭いているとあるはかなき〈会〉の焉りに
　血のいろのネクタイ風になびかせてわれらいつの日までのわかもの

これら十数首を引き、「……かつての〈激しい一時(ひととき)〉に向かって、下村はときに感傷にずぶ濡れになりながら遡行してゆこうとするのである。集中、旅の歌が多いが、その旅は、未来にむかってのものではなく、過去の〈妹〉らに向かってのひたむきの旅なのである」と論評。カナ文字の多用を諭し、こう結んでいる。
「下村は、その格調からいっても平井弘や村木道彦とは異なる。視覚的効果、一首のイメージを鮮明にする意味からいっても、カナ文字の意識的多用は感心できない。

とまれ下村が扉に書いてくれた、〈ああときに沓き眸もてわれを射るそのひとよいとおしかれど妹〉の一首が今日の日のこころに沁みた」。

当時を収めた私の書棚の最後の一冊は、一九七八年一月発行のアンソロジー『現代短歌'78』発表の「一心」十五首である。

いもうとよ立居ふと亡き母ににてかなしみは泉のごとく湧きくる
わがむねにねむる愛ぐしきみどりごよわれはそなたの母の兄なる
ありてうつしよ野分よすがらふきすさび森田必勝をわれは忘れず
倶利伽羅峠もゆる吹雪のなかを越えきみをもらいにゆきし日のこと

韻律の火の流れから喘ぐように切実なドラマが浮かび上がってくる。抒情詩人・リリスト下村光男が創り上げた文体の妙といおう。

「一心」が発表された一九七八年を境に、下村光男は私の視界から遠ざかっていった。

下村光男を想い、故地伊豆韮山を訪ねた。五月のひかりのなか、狩野川はゆるやかな曲線をなして流れ、若き日の君が歌った〈とおくゆくひと日、堤に腰おろしひるのおむすびわれは喰いおり〉〈おおいなる糞をのこしてなつかしの馬車馬とおくゆけりこみあぐ〉などの景を思い起こさせてくれた。

遠くは頼朝遠流の、江戸に入り韮山代官所が置かれ、維新には韮山県の県庁所在地となった地。戦後ほどなく君は韮山の開業医の家に誕生。父、母から慈しみふかく育てられる。

きよ子夫人精選の遺歌集『海山』のゲラを捲ると、〈父はわがふぐりをつまみ母は触る生れいでし雪の夜のまぼろし〉の恍とした一首がある。だが、千二百人以上の犠牲者を出した狩野川台風（一九五八年）はその後の家族の運命を変えた。下村医院は流失、医療器具のすべてを失った父は勤務医の道を選ぶ。廃業した医院から東海道線に揺られての日々が続いた。数年を経て次なる仕事場は、水郷の町佐原。高校生下村光男は人生流浪の第一歩を標すこととなるのである。やがて信州望月へ。土地と人々との離別は若き歌人の情感を震わせ濡らした。望月での母との死別……、京都での日々もその情感にゆたかな彩りを添えた。
ひかり眩く烟る狩野川のかわべに立ち、歌人下村光男の魂の原郷を思う。遺歌集となってしまった『海山』にこの一首がある。

ゆっくりと帰りてゆける茄子の牛みえざるものも夕辺には見ゆ

とまれ下村光男は、鬱々と烟る情念の火を魂の奥底深く燃やし、抒情し、激しく、ロマンを欣求してやまない歌人であった。

二〇二二年五月三十一日

# 海山　目次

装幀　南　一夫
版画　浜砂道子
題字　前川佐美雄

# 遺歌集　海山

下村光男

## ここに立つ

銀河鉄道の夢より醒めて　四街道　星降る寒の駅におりたつ

天心に月　地には北風(きた)うちなびき野の奥くらくたかむらはあり

セントヘレナの灯ににて帰る道とおし夜霧の奥にともるわが家

起きてきてわれをたしかめ笑まう児よだきあげて暁（あけ）の太虚を見しむ

うつり住みふたたびの冬、野はわれに黙して示すシンプルにあれ

蛙鳴くこえも銀河もあふるるをこよい草野にいりきてあゆむ

月を浴び咲く露草の瑠璃のいろ今日の怒りをおさめて見いる

孤独なるあそび青葉の枝を這い蛇は躍れるごとく落下す

雨けぶる青田の奥にあゆみいし白鷺のことも記して寝に就く

朝ひばり夕ひばり野に住みてより鳴く音（ね）微妙にことなるを知る

中国を見て来しとあり佐美雄翁わが無為を問う文に打たるる

また爆ぜて鳳仙花種子をとばすなり秋思の庭の音もなき午後

ニュータウンの人ら多くは地方人どの家も柿の若木の植わる

燦の日は過ぎみずからに散りいそぐ天のポプラをまなこは見詰む

枯葉ひとひら落ちし池の面おおいなる真鯉ゆるりとうかびきて消ゆ

赤とんぼ群れ舞う銀のすすき原秋うつくしくほろびゆくべし

坂東の平氏をまつる野の祠ゆうかたまけて赤蜻鈴（あかね）群舞す

力学はさびしからずや降り積もる雪にいままた幹裂ける音

冬みたびめぐる総(ふさ)の地初雁をみとめてながく妻児と立つ

われにはついの児には故園の地となるに一票を革新に入れてきにけり

わがついの精神（こころ）なるべし夕羽振るたかむら玄（とお）く〈東洋〉は見ゆ

## おわる

わが顔を見ても誰ぞというばかり呆けて痩せはて父は臥しいき

懸命の試歩もかなわずさびしげに父は苦笑すわれに抱かれて

日日すすむ弛緩昨夜をさかいとし尿にも便にも父は気付かず

時は見え失せゆく父の手の温みおしつつみ姉と長き夜をあり

死の床に父がかすかに吐くことば「達者にくらせ」なみだ垂りくる

「先生っ！」と呼びてひとこと父の胸をつかみて叩く医師は厳しく

医師ふたり子らと孫らの看とるなかついに老医師父は絶えたり

## 冬銀河

声あげて追儺の豆を子と撒くよちちよ今年もわれは真面目に

春一番かけぬけ過ぎししずか闇銀河あまねく咲きいでて照る

帆船のカレンダーを子にもとめきぬ真帆とう名の意かたらんとして

蝶を追いとおくなる子ら菜の花の海にひかりとなりて子も消ゆ

苔色にふかくしずめる池の端どろりと出でし亀の眼とあう

空華にはあらぬと咲きて合歓はありちちははねむる墓山の空（くう）

魂（たま）かともおもう墓上を過ぎゆける夏風ときにひんやりとして

歌来るや樹のごと風に立つ薄暮万の言の葉そよぎいでたり

黒揚羽消えし青葉の闇の奥この世の出口あるがにも覚ゆ

かえりなんわがリリシズム甲斐のくに葡萄園まで秋を来にけり

照り翳り顕つはおおく負、暗緑のひかり湛えて葡萄園あり

葡萄園葉洩れ陽くらくひかる奥少年の日にいざなわれゆく

落ち葡萄の黒きに混じりリリリリリいのちを発し蟋蟀は居る

黒葡萄むけばさみどり天然のかかる魔法のうつくしきこと

黒葡萄食みつつおもう職業は大工　三十歳までのキリスト

掃きあつめ子と焚く落ち葉もえつきて暮る晩年はいまかもしれず

新巻ひとつ吊るしたるのみ冬銀河わが清貧のさむしさは見よ

一総（かずさ）

胎の児も蹴るとよ妻と子とならび春の潮の音を聞きおり

午前零時男児生れしとの電話ありナースのこえのいたくやさしく

真夜中の新生児室ににんぎょうのごとくくるまれわれの児は居る

生れたるばかりの赤児をおそるおそる覗く子の面おもわず笑むも

産みおえて運ばれてくる妻みるやかけよりて手を握りしむる子

命名を決めかねいるに子は既に〝かずさ〟と呼びてチューなどしおり

乳の出のほそり鬼子母の面うせてなかばくるえる妻寄りがたし

妻癒えず。泣く児やむまでいだく夜夜ねむる花合歓われも朦朧

＊

翼竜より岐(わか)れしイメージ飛べぬ鳥エミュー腰から脚のごつくて

フラミンゴ猛禽類など見つつ来て古典的そこの対(つい)の丹頂

〝野生種は絶滅〟とありシロオリックス二頭流離の貴種のごとかり

## 方代さん

ノックして入るやベッドの方代さん「海山」のことを気遣いくるる

おむかえの今朝よぎりしととぼけ顔くだんのごとく見せてわらえる

方代記念館みにゆく話し言いいずる雨やみて蜩きこえくる窓

網戸越し夏草に眼を転じつつ方代さん何かを考えており

子に菓子を持っていけよと強引に言いてきかざりいただかんとす

激励し辞するに黙してうなずける無の表情のたまらざりしか

*

天涯孤独の方代さんに貌おなじ親族つぎつぎあらわる怪

通夜はてて方代居士にむくひとり玉城氏の肩哭きいだしたる

わが文の束をみせては読みいしと根岸夫人なぐさめくるるこみあぐ

通夜の帰路ふいに樹のごと倒れたる岡部氏の凄絶　起こしかねおり

木洩陽の参道をおりてゆく柩、寒蟬のこえ降りやまぬかも

*

童子の日あそびし川の巨石(おおいし)に「骨壺の……」歌きざまれて建つ

ふるさととふるさとびとにまもられて建つ歌碑、歌碑のまことをぞ見る

生きながら伝説おおくもちていし方代というこの摩訶不思議

## 海

わからなくなればおのずと来てしまう野の川　ただに下（しも）へとくだる

真青なるひかり冬野の犬ふぐり人は信じてゆかねばならぬ

来る年も自然（じねん）にてあれ　冬の花　垣の山茶花凍夜（いてよ）をともる

はじめての雪をみせんとおりる庭みどり児の息白くまばゆし

首都さりて寒も四たびめ総（ふさ）の地の闇の深さをだきてなぐさむ

幼児期の妻の写真にありし顔プールにとびこむ瞬の子の顔

死にかけて生(あ)れいでし子がむかえたる卒園つまも吾もこみあぐ

六歳の春のこの野路ベビーカー子は押しゆけり汝(な)が弟(おと)を乗せ

手をたたくことを覚えてわらいつつ嬰はたたくなり朝の耳もと

一歳となりし嬰を抱き海にむく水着の妻の〈母〉のまぶしさ

胎児の日聞かせし音をなつかしむや嬰はいたく笑み海にふれおり

嬉嬉として波にあそばれあそぶ子ら、われらが水の星よ滅ぶな

今日の海子の記憶にも残るべしちちははありておとうとありて

目覚むるもなお夜(よる)秋の天の川あふれて総(ふさ)の濃闇を照らす

雪やまぬ天の一角白く炎えけぶる光(かげ)あり太陽という

庭にさすゆるき陽(ひ)冬の老太陽みどり児たかくささげて見しむ

カーデガンひとつ重ねて名残雪みているゆうべ四十とはなる

## 不惑

にくしみの対象ちちの忌めぐるたび知るちちのこと父はユピテル

虫時雨にも気づかずに為事していたり夜すがらわれは貧しく

いそぐべしメビウスの環を出でざるもすでに四十の秋のゆうぐれ

編みおえて五年文箱（ふばこ）にねむり来し歌集の稿を今日はとりだす

歌集なぜ出さぬわが無為せめる声ただ困窮に尽きてそうろう

生きるとは食うこと不惑奥歯にて嚙みしめている秋の白飯（しらいい）

かかる畏怖ちちも持ちしかわが顔に消てくる嬰児だきてあやして

家族みな眠りて励む夜とはなる霜降る屋根に差す月あかり

おおかたのものは見、おえてゆく不惑みるべし濁のはての夕映え

蕗の薹勾玉いろに濡れている野路のそこここ雨寒からず

夢ひとつ言いて寝ねし子春のくつ春のスカート明日は買うべし

長の子の生きかえりたる日の花やリラの香ふかく吸えば子も吸う

子ら眠り銀河の微光とどく庭ちちなるも未だ愁う樹われは

不惑過ぎ食のこのみも変わりしか首夏はわけても鮎のにがき香

月くらくちちの忌を啼く青葉木菟、腑の変調のまぎれもあらぬ

眼瞑れば眼は無限なるスクリーンときに後の世のこともめぐりて

父はわがふぐりをつまみ母は触(ふ)る生(あ)れいでし雪の夜のまぼろし

凍みとおり睡魔をはらう寒の水、水は魔法の力をぞ秘む

## 巨大迷路

肝病んで厄（やく）の意おもい知らさるる春も過ぎ秋を啼きほそる蟬

わが・ｉｆは言わず免許をとりし妻若葉マークに眩む思いは

誌の発送おえし安堵と疲労感、児にはテレビをつけて横たう

急に言葉を覚え悪さもしては逃げよく笑う児や千余日経ぬ

ゆく秋の音ぞ黄落しきりなる天の銀杏をあびつつは聴く

失踪の意はなに山羊のごとき友この年の夜をいずこに送る

わからなくなることばかり昭和という時もおわりに近きこの冬

石川一成もわれも通いし高校のポプラ見えており元日の佐原夕景

しらたまの餅のようなる児のこぶら初湯(はつゆ)にあればつつしみぞする

すくわるる思い天皇の写真史のひとつ、ひとりの父親の顔

愛足りて子らも寝ねしか夜のくだち薄氷(うすらび)に星も凝(かた)まりて咲く

ぐつぐつと煮て大根のうまきこと冬のこの滋味子らは食わねど

嘔吐感きざせば今日もここまでぞ机(き)のものはそのままに寝に就く

はりきりて入園式をおえ来し児制服制帽夜まで脱がず

園初日もどるや柔き三歳児そのままソファーにねむりおちたる

とうちゃんと呼ぶは決まってわるふざけするとき尻をかくさず隠る

仮面ライダーに熱中しおる児の未来　正義が勝つと言うにはあらぬ

虚心にてあれば見えざるものも見ゆ歌はたしかにほろびつつあり

何もなく貧しきわれを父と呼び玉を世界を呉るる子らはも

患んで知るひとのこころの幾模様、七変化して紫陽花おわる

越後獅子、山の牧場のうたごえにもの思うこと知りし童子期

口笛をおぼえしもそのころのこと口笛はわが詩歌のはじめ

夏はまた来てしまいたりいいかげんわが肝(きも)癒えよ湧く雲の峰

二十余年の思い告ぐべく出で来しが乾杯のジュース飲みほして辞す

首を出しひねもす海に揺られいつ海の水肝(きも)に効くと信じて

出雲崎ここよりの佐渡みつつ明く海たいらかに銀河はありき

葛しげる西山町の山の道どこも舗装のなりて人居ず

野の道に入り来てのこと静かにも盛んこおろぎ昼を鳴くこえ

行きまどう巨大迷路の昼の月われ長安に迷い入りしか

## 平成元年

子らのため夏のひと日を来て遊ぶ日光おおいにわれもわらいぬ

〈三猿〉のようにはゆかぬ性（たち）すこし変えんか子らのため妻のため

おんなのこに間違えられし児のまどい少し間をおき　ぼくかずさです

佇ちてなに見いるやむかし野のおとめ妻の後姿(うしろ)もすでに中年

牛乳をのむ子とのまぬ児の朝餉つまは職場に着くころならん

*

まことなる島人、アンコの姿にてタケ女きみ我らを出迎えくるる

新世界みるおもいなり島よりの夕焼け、海の天の夕焼け

「わだつみのいろこの宮のものがたり」かなしく海の夕焼けはよぶ

為朝の月と遠鳴る海の音ねむること惜しく樹（た）ちいたりけり

*

国捨てし問いにこたえるコマネチの肉づき妖精を脱皮して艶

ベルリンの壁を歓喜し往き来する画面に亡父(ちち)のこと思い出ず

森番より復活なりしドプチェクの顔なつかしく噴くもののある

チャスラフスカ皺ある貌(かお)はこたえおり「プラハの春」ののちの歳月

東欧の民主化のドミノのそのもとい天安門をわすられはせぬ

傷つけてにおい愛(かな)しみいたりけり榠樝は秋の信濃のにおい

わかくさの妻も四十路に近づきぬ向田邦子の世界をあいして

柚子いろの月をうかべて落葉松もはだか木となるあしたは冬至

難解歌ただの智あそびみきわめるまで二十年経てしまいたる

前川佐美雄先生逝く

訃はまことなりとぞ暑き盆の午後眩（くら）めくばかり天の花合歓

白鳥となりて大和へかえりしや詩魂つたなくみはる昧爽（あさ）なる

あずまにて詠う歎きをもらしたる日の面おもい出ずるはさびし

歌一首、大文学にあたいすと佐美雄の矜持や「……大和と思へ」

連れゆきし児を膝にのせつむり撫でふつうの翁おおじたりし日も見き

話題ひときり渡されしもの「海山」の揮毫と条幅こえいでざりき

いくたりを斬りすてたるも方代は叱らざりしをその無や佳しと

鳥となり野となり風と山となり大和のメタモルフォーセス佐美雄

## 尻屋

すすきの穂すでに出でおり八月のはての下北風も秋なり

山のうお岩魚(いわな)もすむという野川ながれに力ありて清冽

瓦葺の家みえざるは冬帝の雪によるらしおおくはトタン

原生林ぬければ硫黄のにおい不意宇曽利湖（うそりこ）の三途の川が眼に入る

一人用のテント路傍にたちならび巫女（いたこ）座しいつ動くともなく

宇曽利山(うそりざん)なまりて文字も「恐山(おそれざん)」いわれはながくわれを立たしむ

人は風土にいつか帰るを寺山の「恐山」方代・佐美雄もしかり

海をみおろす鉱山(こうざん)の上ふいに音たてて霧走りきぬ霧は疾風

本州のいやはて尻屋、童子の日ききし地にいま立ちて母恋う

医は仁に徹しし一生(ひとよ)はじまりは下北ちちよめがしら熱し

風景のわれもひとつとなりて佇つ海にゆく風海をくる風

冬にまた来よと見送りくるるきみむつの歌友のまごころに謝す

## 月光

白梅の幾鉢置かれ正月の病棟いのちのごとき香のする

二十時間の手術に堪えし義母のこえ妻のこえかと瞬時まごうも

御降となるも新年わが子らをみるや病舎の義母は歓喜す

お年玉受くる子らの手授くる手生きかえりたる義母のよろこび

塩引をつるす家家、雪国の風物ひとつの詩ありて温し

塩引＝塩鮭

雪椿雪晴れしかば雪に映えほのおのごとし今朝の参道

イブ・モンタンの「枯葉」ながすカー・ラジオ越につくまで幾たびも聞く

手術後の句載る誌を見せわが評を義母は待つベッドに座りなおして

母を看にゆく連休の妻と子ら厳かに留守をまもらんわれも

雨あとの若葉にひかる象牙いろ硬き抒情の花なり柿は

黄の色に年年憑かれゆくは何、菜の花すぎて菖蒲の野川

子が妻に似てきたることかなしみのひとつ五月の闇に加わる

襤褸（らんる）みなわが事のため妻と子のついの反乱責むべくもなし

歌編めずなりてしまいしことなども徳とせよこの千五百日

歌のこと飲食(おんじき)のこと子らのこと清貧も寂しきものとおもうぞ

家族みな疲れいて花の土曜日というもしずかに夕飯おわる

姪のゆくえ尋ねて九年かげろうをつかむににたる首都は迷宮

化粧して死地におもむくもののふの美学もほろびうせし代の月

蕪村とはなにもの越の月あかりねむれる町をわれ通りつつ

凍るほど月のひかりを浴びいたり月光浴は死後のごとしも

## 鹿児島

みなもとはこの海にあり幕府をもしのぎ一国家たりえし薩摩

降灰に地も木もくすむ島の夏夾竹桃も赤からずして

月ほのかここよりの並木蘇鉄にて俑(よう)のごとあり海まで続く

入道雲〝天孫降臨〟おもわしめ高千穂にわくぐんぐんと湧く

浪花千栄子ほほえむ琺瑯(かんばん)看板ありにけり山里の一軒の店も古りいて

茶畑のつづく知覧の夏の空開聞岳とおく浮きいたりけり

特攻兵の遺影かざられいたりけり一千余名なべて童顔

天皇陛下万歳とありおおかたの遺書は花と散る辞世をそえて

方代が引かざりしもの〝天皇論〟眼鏡をはずし迫りしが顕つ

西郷の「敬天愛人」あらためてこころにきざみ鹿児島を去ぬ

# 明くれば五十

頼朝が逢瀬に通いし道を抜けちちははあにの墓所へとむかう

父のこと話しつつ墓を洗いおり父のおもかげやどす一総（かずさ）と

墓山の青葉の闇に眼を凝らす眼には見えざるもの見ゆるゆえ

鎌倉の海を遠ゆくセーリング右大臣実朝の船も遠見ゆ

湯が笑うごとく出ずると見ておりぬ湯にも顔あることの楽しく

力ある羽音はカラス眼もみえて五階の窓の間近くをゆく

川面ゆく鬼やんまにもあわれあり万葉よりの古湯湯河原

火の渦にみどりの火生れていたりけり孔雀明王たちいたりけり

恵林寺の彼岸花おもいいでており火の輪　炎上　火もまた涼し

朝霧の深きをどかしながらゆくいじめは歌の世界にもある

朝霜のなかにぼわんと咲きおる山茶花が好きそれもピンクの

打てば響(な)る金属音に聴きほるる羽後の山彦(やまひこ)が焼きしこの炭

猫語にて起こしにきたるムーの顔おもいいずるを今朝の大雪

雪厚くムーの墓にも積もりおり雪花咲かす梅の木下に

妻と娘のわらいころげているところコートぬぎつつわれは見ており

あざのつくほどの喧嘩は昨夜（よべ）のことわらいころげる妻と娘のかお

捨てきれずありし書などもすべて捨つかろくなるべし明くれば五十

この年もゆくべくなりて我が出会い揺り起されしものに琵琶の音

未刊の歌集筐底に眠りいることの無念と悦予初春(はる)はまた来て

# 雪舟

山の湖（うみ）にうかぶ雪見の船ひとつ雪景山水生（なま）の画（え）寒し

雪いよよ旅にはあらぬ身はいそぐ患（や）む人にこれを届けんとして

黒鴉（こくあ）なり重き羽音にあらわれて頻き降る雪の白闇に消ゆ

雪の恐怖しりりしは信濃にありしころそのころよ雪舟（せっしゅう）に畏怖おぼえしは

鳴くこえもきこえてカモメ飛ぶがみゆ海のにおい寒く暮れゆく河は

崩壊をなおたどるロシアの貨物船錆びしが雪の埠頭に灯る

この埠頭に来るたび思うひとつあり『サンチョパンサの帰郷』の詩編

なにか行く気配(けわい)は雁の列なりき定型の美をみせてゆうぞら

降る雪や〝されどわれらが日々〟吾（あ）にもありにきワンス・アポン・ア・タイム……

冬の朝総（ふさ）からも富士の見ゆることあり、われはその沼津の生まれ

鶺鴒は土より石が好きな鳥。庭には来ず舗装の路面にあそぶ

夢にきて顔くしゃくしゃに笑う猫なんの合図かわかりかねおり

家族四人(よたり)春のひと日を来てあそぶ犬吠(いぬぼう)は四人それぞれの海

むこうの森にこよい始めて鳴くきこゆ海越えて渡りきたる郭公

たちならび梅青葉ふかくしげる奥、胡蝶ふたたび入りて出で来ず

かく消えし黒揚羽憶いいいずるなり青葉の闇の奥がらんどう

## 噫、田代和久

入院を友のたれにも知らせずに田代和久逝ってしまいぬ

むくわれぬ先駆（さきがけ）として汝もありき夏夜をときにはしる稲妻

嗔りとも——ひつぎの鼻梁（びりょう）静厳なる山おもわしめありし思ほゆ

方代の忌も明日きみよこれの世は秋、虫の音をきくべくなりぬ

さねさし相模の男（お）の子、妻を子らを歌を愛ししきみをな忘れそ

*

感情をころしながらもそれてゆく筆先このまま逸るるにまかす

護摩を焚くなお焚く　生るる緑の炎　孔雀明王あらわると見つ

野末よりぐんぐんと来ているいま頭上、万の渡鳥（わたり）のまさに鳥雲

背負われて記憶に生きるひとこまの地は何処ははよとおく雪嶺

腕ほどの氷柱にやどりいるブルー精霊（デモン）ともまた悪霊（デモン）ともみゆ

愛猫ムーの忌なり牡丹雪ふりいでて一子の欠けしおもいふたたび

## 茫茫

海棠はつぼみを愛でるべき花や今暁(けさ)いっせいに蕾むを見あぐ

ほろよいの楊貴妃の頬おもわるる花海棠(はなかいどう)このうすき紅色

オリーブの嫩葉(わかば)をくわえ……杏枯枝(かれえ)をくわえきて庭木に巣作る野鳩

列島は梅雨に入りたり季節風(モンスーン)の旅いまここに慈雨とはなりて

北斎えがく橋までを来て雨の急はしりだすひと濡れてゆくひと

径のたまりにあそぶ一頭　水馬　たしかにもこれ肉のなき馬

歌集三つを出せていたはず「海山」の十五年わが回顧のひとつ

東京を走るアベベを見しが顕つ走りてゆける音もきこえて

わが裡に生くる過去世のひとりはもアフリカびとアベベ・ビキラとは言う

棒となって降る雨それを受くる傘……驟雨は過去をはこびきて去(い)ぬ

幾春秋くちを噤みて来しひとつ屁のごとくにも漏らしてしまえ

野の涯(はたて)みるみる秋の日は没す　あすあることも明日までは不明

年年にパンのとぼしくなりてゆくわれをなみするつまのよろこび

遠きいつかのギリシァのしらべにもにたり陰旋法(いんせんぽう)月の小路(こうじ)にながれ

漂流物と鳥の足跡（ああと）と潮鳴りと冬の九十九里（くじゅうくり）天つ空も茫茫

時に会う野良猫のかれその尾まで虎縞にして賤しからざる

北風（きた）しまく荒れ田にあれはあそびらし錐揉（きりもみ）を繰りかえす白鷺

霜の上にたばしるものよ万葉の霰たばしりこころたばしる

〝つのぐむ〟という語やさしも冬の湖（うみ）葦のたぐいの角（つの）ぐむみれば

分け入りて万の日、いまだきたらざるものを待つなるさわけ海山

銀河鉄道にゆられ……しんじつ疲れはて夢にのがれてゆきたき夜ある

またひとつ堪うべき病くわわるやなみだおのずと垂りいる左眼（さがん）

南房総勝浦

稲穂波つづくはたてに安房の海見え来つ帰郷の思いにも似て

北斎のかの〝浪裏〟の基と聞く伊八の〝浪〟まだ見ずにおくべし

山の間に夕陽の没りてゆくところ海と山のまち勝浦ここは

房州びとの多くは紀州の海女(あま)の裔(すえ)　海のたいらを走る黒潮

暮れはてて遠見ゆるもの水脈(みお)ひとつ「海上の道」子に聞かすなり

波がまた海を隠すよ子はかくも易く言いきり吾(あ)と海に向く

一メートルほどの脚長色はピンク、フラミンゴそこにあるだけで良し

ふるさとはキューバ紅色フラミンゴ、ゲバラを唯一なぐさめしもの

そういえばゲバラの遺骨キューバへと還るニュースを聞きしは今夏

代は明治ここ安房にての「海の幸」浪漫に濡るる繁の写実

久慈の琥珀もとめし若き日におよぶあやしくもこの膳の煮凝り

秋の花の一を萩と見し古代びとその美学その文字にもみえて

ひらりふわり微笑を向けて蝶の来ぬ仏陀をおもいいたる樹の下

褪せはじめおりてつるりと茎のみが艶かし墓地への途の彼岸花

うばたまの黒鴉ひと鳴き墓やまに大音響をのこし去にけり

眼はいつか漕ぎ出でており見はるかす墓山のここよりの海境

倒産をみじかく記して雁の書のいたいたし二伸のわれへの檄も

紅葉は先ず秀枝より紅葉の理、一葉朝戸出の肩にはらぐ

散りつくし寞たるその枝うつせみのわれらに見よとごとく空蟬

ある黙示としてうくべし夢に来しみずらの男の子まなこ憂愁

## 菟

雷鳥もうさぎも白くなるころや　信濃　父なく遠退くばかり

この筆の穂の毛はうさぎ走らしむ〝菟〟一文字半紙の雪野

やわらかに弾み時折わがからだふわと浮揚すダウンのコート

雁も消えさてと現（うつつ）へあゆみだす葱と白菜などをかかえて

ニッポニア・ニッポン朱鷺に重ねいつ落暉に染まりゆける白鷺

もっとわれ怒るべきかや拳みな突きあげて咲く辛夷みていて

帰雁を追い来しが翼も力尽く夢ながら北の海の上空

告天子(こうてんし)いちわ声のみ見えて啼く視界のかぎり霞む野の昼

天上大風　成田よりの機空ひくくつぎつぎと来てつぎつぎと行く

三十年代のアメリカにこころ向く夜なりレトロの思いのみにあらずも

フォスターより濃くて劇的ガーシュイン「黒いオルフェ」に聴きいるばかり

歌を地べたに書いて作りしとも言いき少年方代おそらくまこと

小錦をみるたびおもいき縄文の母神（ははがみ）ちからみなぎる〈土偶〉

もんじ「休」この人と木のものがたり人われは木によりていこうも

漆黒の壺の螺鈿(らでん)のみどり六(む)つ、すばるの色として位置を占む

## 焼津

高台の窓より一望凪ぎわたり焼津の海の動くともなし

海境と天とのさかいただおぼろ遠近もなく在るは時と空

第五福龍丸、死の灰をかぶりしかの悲劇わすることなし母港は焼津

朝の潮河口をのぼりゆくがみゆ窓あけて海に眼をやりおれば

白子（しらこ）の生（なま）いわしのはんぺんふるさとの味なり舌もおぼえておりぬ

晩夏なお蟬のこえ濃き山里やそこの樹にも来鳴きだすがみゆ

山門の木下に額（ぬか）の汗を拭く傍（かた）の白百合も涼とは為して

ＳＬに滅びにむかう歌のことなども思（も）いつつ揺られゆくなり

ＳＬの汽笛終点ちかくして断末魔のごと響動（とよ）むは切なし

整列の美を見せてつづく茶畑や定型詩短歌捨つるなよゆめ

## 大利根

手入れせずなりて雨季には捩花（ねじばな）の野となる庭や憂きにもあらず

梅雨のあめけぶれる空（くう）になおほのか一切は無とごとく花合歓

人間（ひと）として問いただしたきひとりありどくだみの十字のかぎりなき白

わが思惟の大ポプラ伐られて在るは空（くう）、常陸利根川ただに淼淼

大利根を長江に模して歌いたる一成氏はも浪漫（ろうまん）無限

はては霞にとけて大利根みはるかす流れは天への橋にか似たる

水門は閉(さ)されむかしの十二橋(じゅうにきょう)絵はがきにのみ見るほかは無く

来たからには鰻を食ってかえろうぞ潮来いま美(は)しき残照のとき

人が踏みて作りし古き山の径葛は踏まるるために這いいつ

しきり飛ぶ蝙蝠に合う夕の闇、茂吉さえ真の友はなかりし

遠目には水の木なるを噴水のみず白銀(しろがね)にときにひかりて

大風(おおかぜ)一過総(ふさ)のここより見えており　富士補陀落(ふだらく)渡海のはての山とも

古代蓮の池と稔り田ひろらかに弥生の秋をあかず見て過ぐ

飛びながら眠り、覚めては飛びつづけ今し着きたる声や初雁

## 天の古道

雁かれら天の古道をきたるもの葦の辺のそこ月あかりして

雁木通りここに尽き道は山裾へ猟銃音つづけざまにこだます

湯の宿に農のやすみをあそぶ主婦みな夜顔(よるがお)のごとき香をもつ

雷(らい)の鳴るたびに障子のなることもなつかしくして越(こし)の夜をあり

雪空を来て翼美(は)しくちからあり白鳥かれら始祖は恐竜

われをみとめ寄る錦鯉目はなみだ高野聖のもとおとこらよ

路地裏を来てなにかしらすくわるる大根を煮るにおいもありて

寒ながらぬくき夜、月も落ちそうにあり卵黄のごとくうるみて

三十年気づかざりしその笑みの裏おのが愚(ぐ)もこめ今日斬って捨つ

すいみんは游ぎつつとる鮪(しび)かれら銚子沖寒(かん)のすばる煌煌

楼蘭に林檎の村のありしこと星月夜りんごの村を過ぎつつ

いぬふぐり群れ咲く野路をゆく老らブルー・ヘブンの野との声もす

凧いくつ川むこうにも揚がる見ゆ浮世絵の江戸の正月

## 葛西臨海水族園

巨大水槽みあげながらに友の詠みし鼻の欠けたる鮪をさがす

のぞきみる吾（あ）にも翻車魚（まんぼう）眼を寄せてくるるを優しかりし祖父の眼

原色の美(くわ)しき魚のことに多(さわ)、すいそうのこの紅海(こうかい)飽かず

幽閉の皇帝かれもそこにいつナポレオンフィッシュ動くともなく

海賊船の髑髏の旗のごと真黒(まくろ)カリブの怪魚エロスもみせて

白銀のつばさ、およぐは鰯らにあり美しくまぶしきばかり

遠見ゆる海にか一羽向きており、ひとの子のごとくペンギン

海浜の空をくるもの　飛行船　いま見てきたる鮪のかたち

## 磐梯熱海

廃館のホテルいくつか目にしつつ磐梯熱海の宿さしてゆく

つくつくし鳴き満ち声もひかりおり今し着きたる宿の裏山

蟬声もしずまり宿の裏の山、黒き一山(いちざん)として夜をあり

さやさやと山萩はやも乱れいつ晩夏のひかりあびて山の辺

花見とは萩をみること——古代びとの遊びおもえとばかり花萩

一木をおおう葛いま花のときその木の花とまごうばかりを

葛の花ふいなり陰(ほと)のにおいもすかぐともなくてさやりいたれば

つんつんと川面をつつく塩辛蜻蛉(しおから)のなつかしきことその縞模様

白日を照る黒き翅御歯黒（おはぐろ）蜻蛉も笹の葉先にとまりてはゆく

草道に跳ねるはたはた草の色きちきちと跳ねるときのみ見えて

野の花に手は触れいたり往古より咲きつぎて来しことにおよびて

刻(とき)はしずかにわれを居らしむ　暮れのこる遠山　点となりてゆく鳥

## あたらしき闇

いまだ青きも熟れたるもありころがりて秋のひかりをかえす山栗

庭隅の紫蘇なお匂いを存しおり枯れきったるを抜くべく寄るに

柿は〝カキ〟とよばれ寂しく熟れいしよローマの外のかのゆうまぐれ

枯れきって昨日(きぞ)までは風に鳴りいしが土にかえりていたり葛の葉

クリスマス・イブはてんとし天心に月　蕪村の忌にてもありしを

歌人（うたびと）がいなくなりつつあるうつつ二十世紀きょう送らんとして

遠くの除夜の鐘も鳴り終えいささかの願いあたらしき闇に祈りぬ

わが家とおなじかたちのような家しかも庭には梅とにしきぎ

北越のこの夕景にうかぶの名のありジョルジョーネ風景画の祖

みどりごがわらえばつれてうちえらぐ婆　夭死せし母さびしけれ

倒れそうになるたび発し来し一語〝さっぽろ〟札幌は曠野（サ・ポロ）にあれば

万両を植えんと掘ればまるまると物神それのごとも〝芋虫〟

目はなみだ白蛇伝その白蛇にや夢のおくやませつなくて覚む

近代とまがう光と影の妙、春星すなわち蕪村の画なり

天に月　地に雪　空（くう）に桜ばな　はじめてのこの景に謝しおり

群れを遙か離（か）りて詠み来し幾春秋いずれはきみも理解しくれん

桜・李・桃咲きさかる右左口（うばぐち）の四月八日の台地　桃源

この墓に入るためにのみ生きて来し〝帰還〟その年よりの方代

故郷に錦かざりおえたる方代の修羅もみてきぬ　桜　魔の花

浜の木陰に寝そべるかれらホームレスその半裸(はんら)中年の肉づきにして

海にあそぶ人らはむこう　磯陰に親子の猫のしずかにも居る

仕掛花火すぐに果て後(あと)は星月夜、熱海衰退のおおもとは何

二千年立ちっぱなしの楠(くす)に触れ青葉もひろうただの葉にあらず

來宮(きのみや)神社

## 二〇〇一年夏秋

姪の華燭すすむを父も見ておりぬわが裡に祖父の眼もてこの今

小学校の図書室の本すべて読破、孫祐佳（ゆか）を父は頌（ほ）めやまざりき

花束贈呈　母たる姉の笑み一瞬とまるに感のきわまるを見つ

*

アトピーによるただれなり耳朶(じだ)も切れ子は炎帝を家ごもるのみ

温泉療法すすむる医師をいぶかるも子を別所まで連れ来て浸す

にわか療法なるも少しくアトピーの退きたるが子の全身に見ゆ

安堵にか湯疲れにか今日の昼の飯とらず眠る子ねむるにまかす

ややに笑み出でし子を連れこはんにち佐久をし巡る父母の故地

*

そのなかにひとつ激(げき)して鳴けるあり　こおろぎ　おばの訃受けし夜の庭

子のように可愛がられしことなどを母の葬に語りくれしおもほゆ

告知受け入れ一年……喪主もあい瘦せて始終を語りくるるは切(せつ)な

葬儀済む頃や地を打つ雨の止みわれらひとすじ洩るる陽を浴ぶ

## 風景

「……月の船星の林にこぎ隠る……」流星雨待ち人麻呂とあり

赤人（あかひと）の歌も底にや　大浪を止まらせ遠方（おち）に富士を置く景

寒の月　水辺にねむる白鷺も照らしておりぬ真夜となる帰路

森を背に羽ひらききりたる孔雀、荘厳　忿怒の美をも見せてよ

縄文の乙女らの声もきこゆるを野川のほとり木瓜の股(もも)いろ

みゃくらくもなく覆面の牛の顕つ怪そのままに遠き日の絵馬

乳垂るる白牛の絵馬そも顕ちぬ　ヌーボー明治の新語おもほゆ

佐久の春……庭のここなる落葉松の白緑（びやくろく）の芽にまなこは憩う

蜥蜴の子くわえては見せにくるときのその眼まさしく野性のブルー

微雨あがり外(と)はうばたまの闇景色　闇ら濃淡みせて艶めく

アポロ的にてかつ美貌緑陰のそこにまれびとわれを見る馬

来る船と行く船高層の窓に見えしばらくをこころ行く船に乗す

天の河みていてのこと愛(は)しきやしみちのくびと賢治きみの擬声語

海の深層水それのきららをふくむ娘(こ)の、遠く〈……いろこの宮〉のかなしみ

川村記念美術館

天に雲　地には新緑　吟行の同行われら遍路にも似て

光よりつまりは影に憑かれてか二百を越すとうモネの〝睡蓮〟

亜麻色の若葉スタジイ新緑のなかに一木（いちぼく）盛り上がりおり

新緑林ここに出合いて挨拶すアリ科かれらにヒト科のわれは

みどりにも種種あり林の青若葉まなこおのずと癒されゆくを

杉の林に入るや羽撃く黒きもの鴉なりネズミをくわえていたる

杉の林の裏は異空間、田と畑つづきいてトラクタなども遠見ゆ

白く青葉のなかに咲く朴　天空に向きいて花の全容みえず

## 伊豆長岡・韮山

もつれあい飛び交う揚羽多きこと山上　風ははや秋にして

夏空そこも夏秋(かしゅう) 交わりいたりけり秋の筋雲淡くひとはけ

「韮山県」置かれしことも史実そのひとつ、明治の黎明期はも

鼻裂けて立つ阿金剛その鼻にはるかにも母の背に見し記憶

邑(ゆう)ここが世界のはじめたりしこと尋ね来て知るいまもわが核

*

胡蝶花(しやが)のはな児のころのわが一の花年寄りし今もわが一の花

めとらなん赤きリボンの麦藁(むぎわら)帽子のかわゆく野の子たりし日のきみ

たどりゆく幼童の日よ野のここにきみとみしかの皆既日食(コロナ)の不思議

とらえんと追うも敏捷　炎帝を舞う蝶わかき日の君にか似たる

フランスの野も思(も)い出ずる花ことばのひとつは魔性　ひそと昼顔

## まれびと

庭の棘(おどろ)そこにて蛍みどりの火(ほ)こぼしては居りまさにまれびと

無為二百日こころの浮腫もとれはじむなにもせぬことそれがリハビリ

葛の花ひきよせて嗅ぐ草の原あな縄文のおとめのにおい

山藤のうすむらさきに不識庵謙信をかさね居りしと付記す

星をよくながめし定家うばたまのそれも晩年　紫微を見ていて

母のかたみ血赤珊瑚を首に垂り姉きたりけり声までも母

この世にてもっとも美味は日本茶と母いいき今われもおもいぬ

胡蝶などときに止まらせ白萩のしずかなること乱れざる揺(ゆれ)

退院後はじめての間食脳に沁む雪の中を買いてきたる豆かん

「ふるさとの右左口郷（むら）は骨壺の……」名もまた作のひとつ〝方代〟

『猿丸幻視行』繰るは沼空らしきひと憤（ふん）にか夢にしわぶきて覚む

## ガルボよ

稿を継ぐ辺に来てじゃまもすこししていとしきものよはや眠り猫

眼覚むればわが顔に添いねむりいつ寝顔も猫にあらず人の子

子猫ガルボ家内(やぬち)われより知りつくしすっかり家猫寝るもあおむき

庭木より屋根に跳びのることを覚えこのごろ猫の出入りは二階

恋猫となりてこの夜もかえらざる稿を継ぐ辺に来ては眠るに

何追うか猫の鋭き目の先はガラス戸越しの枝の小鳥よ

白梅の咲きにおえるに駆けのぼり〝花咲猫(はなさかねこ)〟猫も楽しくあるか

子とわれを見るや駆けきて頰寄する猫に尊きもの教えらる

帰宅のわれを認めるや門をとびおりて駆けくるガルボ愛すほかなし

娘も妻もおらずになりてストレスのゆえにか猫の嚔(くさめ)なおらず

起きて目の合えばひと鳴きするが常下村ガルボとはじまる朝や

帰宅のわれに応え一声ひくく鳴く猫はソファーに手枕のまま

わが膝に乗りきて静かにも終えしガルボ、猫にして猫にあらざりし猫

月餅をわけあい食べし望(もち)の夜のひとこま思い出ずるガルボよ

あるときはギリシァの哲士おもわしめ猫のガルそこにありし思ほゆ

胡座(あぐら)するを見るやすぐ乗り憩(やす)む猫いつも小一時間動けずありき

ここちよく寝(い)ねしが肩の寒く覚むおのずと猫の温さおもほゆ

この年夜(としや)星を咲かせていたりけりわが猫のよくのぼりおりし樹

子猫を起こし抱きあげて雪を見せしこと初雪の今朝顕(た)つはそのこと

## 故友

雁風呂(がんぶろ)のむかしばなしを語る婆(ばば)　津軽ことばも雁の世も沁む

氷輪にあらぬも啄木の歌とあり夜更けて月の押し照る釧路

少年のころにも謎としてありき銀河なすその賢治の言語野(げんごや)

その式に出ずるべく帯を締むる音　はしきやし日本の女人というは

小雨から霙へ信濃に入りし道ワイパーすこし重くなりたり

少し老けしか、いや半世紀経てもなお匂う「シェルブールの雨傘」のきみ

夕陽いろのこの花テキサスの芥子という野に路傍ことしは庭にも咲きて

地球はあなたなどと清らに言いにしか半世紀経ていま君は月(ルナ)

御題目となえるごと下校の児らの過ぐミトコンドリア、ミトコンドリア……

古き友にしてわが塩秋を率(い)てわかれを言いに来しか夜を泣く

## 十二神将

濁流に呑まるるも救われ今を在り大津波の映像息の苦しく

サッチモの濁声（だみごえ）に勇気を得して笑む被災地のジャズ好きの翁媼

ただ祈ることしか出来ず黙祷す三・一一去年も今年も

ひとりにて十二神将むなしくも今日は伐折羅の相をなしいつ

目をつぶらなくても裏はオリンピアの野、五月病む軀を走らせるかな

午後の街上、黄砂を指して〝つちふる〟と言う老女あり何者なるか

山姫とさしだされしは木通（あけび）なりうすむらさきに割れたるを吸う

すいすいと或るは止（とど）まり赤とんぼ翅うつくしく行くも肉食

今はむかし印旛郡の橋の二日間インドの古詩をおしえられにき

湧き水の清冽に触れ思(も)いいずる夏の三島のミシマバイカモ

野に来、野に月光を浴びいたりけりあるかもしれぬ浄土も斯くや

## 瑞穂のくに

失語症に気づきくれたる人は果て野良の猫二人わが友となる

梅彼方此方（おちこち）その日の蕪村おもわるる南（みんなみ）すべくはた北すべく

四街道時代、猫を五匹も飼いいしと志位さんの肉声したたしさはあり

〝理想郷〟うかぶひとつにエル・ドラド、海が黄金(おうごん)鶺原よきかな

松島を頌(ほ)めしひとの名きざむ銘アインシュタインその名もありぬ

歩き疲れみちのくの足湯に足を置く西行のこぶら芭蕉のこぶら

望月の帰路出会いしは猫のきみ首輪なくもその面(おも)の気高さ

あかねさす四街道の野を疾駆咸臨丸やわが自転車は

老いいわくおてんば、野の子、よく出来た四街道時代の市原悦子

米が好き瑞穂のくにはいま黄金(こがね)そして何より鮨は小鰭(こはだ)や

四季のうまきものに天ぷらゆうがれい今日は走りの芋を揚げよう

稲を刈りほたるを狩るという踊りいいなあわれは歌を狩ろうぞ

砧うつ音をはじめて聞きし集落（むら）、五十年経て来しが跡なく

おもいおもいに居るは猫のみ廃屋の桜の木（こ）の下花明りして

なにかこう涙腺ゆるくなりしかな話しながらに声もつまりて

水村や初学のむかし詠みし景すすき夕映え雁も来ていて

ある賀状引き籠りにも似たるとよ三十年(みそとせ)も歌を編まぬというは

# 後姿（うしろ）

人は後姿（うしろ）ある日ある時おもいだす柊二・方代・佐美雄のうしろ

たまたま見かけそして今は亡きそのひとりマッキンリーにむかう植村

四季ごとに見に来ては触（ふ）る佐倉藩そのころよりの野川の柳

門の紅葉散りはて星を咲かせいつムーもガルボもよく登りおりし樹

生活をかくしてうたう　生活をみせて詠ずる　歌とは切（せつ）な

さむがり小僧そのまま老いてうばたまのさむがり老人肩さむきかな

ねむるきわ静かなジャズも引き潮のように消えゆくあとはただ空(くう)

終末、その昏冥のごとき観ひとを殺(あや)むる菌ふってわき

ひとつだけ教えられしを〝去るものは追わず〟日比谷をあるくサルトル

市とはまた巨き(おお)デザインその隅に短歌ともれる心ともれる

独眼となりていっそう眼には沁む菜の花の黄の連翹の黄の

## 火鉢

稚紅葉(わかもみじ)やわくかわゆくあたたかく我の血もつぐきみが両の手

かぐや姫かがやくまでに美しいその姫のとき真帆にもありき

薄暮いま着きたるばかり胡瓜の馬みな駿馬なり脚は躍りて

ゆっくりと帰りてゆける茄子の牛みえざるものも夕辺には見ゆ

屋上にきて弁当をつつきおり地方都市の秋を見渡しもして

こもりうた歌うことなく終えてゆくこのうつせみやなかば干(ひ)からぶ

十両の身をわきまえて……などと詠む藪柑子を愛でる媼の美学

火鉢の火熾(おこ)してはまた語り出し佐美雄翁われを帰さざりしか

カランカランカラン

シロちゃんはちゃんと来ており病窓のベッドの傍の椅子にすわりて

総の大地を猫もかけりてきしものか夢のなかともあつきもの垂る

うらわかきおとめのきみらにあらためて思うナイチンゲールの世界

吾に見よとさすは看護師　七階の病窓よりの満月うるむ

冥府その道かと今はさようなら。日本人船長(キャプテン)居るはこの星

# あとがき

夫、下村光男は令和三年十一月四日、あっという間にこの世から去っていってしまいました。享年七十五歳でした。
その年の五月、物が二重に見えると異変を言い出してから、僅か半年ほどの過酷な闘病の末のことでした。皮肉なもので、この半年間でやっと本物の夫婦になれた気がいたします。夫なのに何を考えているのか、理解できず、次第にわかろうともせず、ただただ日々の生活に追われて暮らしてまいりました。
こんなに早く逝ってしまうんだったら、もっと本心を聞いて置きたかった、もっと私の気持ちを素直に伝えて置きたかったと後悔することばかりです。ただ、歌集を出すことは約束できました。不思議なことに、死の二時間前に『海山』という歌集名が浮かび、聞いたところ、本人も納得したような顔を見せました。
二千七百首以上残していった短歌を、無謀にも五百首ほどに、ほぼ発表順に纏めました。どんなにか歌集を出したかっただろうに、読むたびに夫の無念が偲ばれ、同時に妻としての思いやりのなさに胸が締め付けられています。

不器用な生き方しかできなかった夫ですが、一生をかけて短歌を詠み続けておりました。この歌集を読んでくださった方の心に残る歌となったなら、夫も共に生きてきた家族も救われます。

第二歌集『歌峠』の後、三十六歳から七十五歳までの作品の中から五百二十一首選びました。

夫にとっての第三歌集は遺歌集となってしまいましたが、歌人として生きた証として、亡き夫に贈りたいと思います。

遺歌集だけでも、かつての下村が輝いていた頃に戻してやりたいと思っていたところ、恩師である岡野弘彦先生より「序歌」を賜ったことは望外の僥倖でございました。また、お仲人をしていただいた馬場あき子先生より、「帯文」並びに「序文」を頂戴し、身に余る光栄でございます。

ずっと変わらぬご厚誼を賜っている福島泰樹先生からもありがたい「序文」をいただき、深く感謝申し上げます。

第二歌集『歌峠』に続いてカバーの版画でご協力いただきました画家の浜砂道子先生、「海山短歌会」の歌誌の題字をお書きいただき、今歌集にも使用させていただきました故前川佐美雄先生、ご家族の方に篤く御礼申し上げます。

刊行に際しましては、角川文化振興財団『短歌』編集部の矢野敦志編集長、ご担当の吉田光宏様、装幀の南一夫様に大変お世話になりました。

このようにたくさんの方々に支えられ、この歌集が夫への何よりの手向けとなりましたこと、感無量でございます。心より御礼申し上げます。

令和四年六月十五日

下村　きよ子

略歴

下村光男（しもむら　みつお）

1946年1月21日　静岡県韮山町生まれ
1972年　國學院大學史学科卒業
1976年　第一歌集『少年伝』刊行
1981年　東京から四街道市に移る
1987年　第二歌集『歌峠』刊行

「海山短歌会」代表
四街道市芸術文化団体連絡協議会会長、四街道歌人会会長を務める

〒284-0023
千葉県四街道市みそら1-13-15

遺歌集　海山（うみやま）

2022（令和4）年9月20日　初版発行

著　者　下村光男
発行者　石川一郎
発　行　公益財団法人 角川文化振興財団
〒359-0023 埼玉県所沢市東所沢和田3-31-3
ところざわサクラタウン 角川武蔵野ミュージアム
電話 050-1742-0634
https://www.kadokawa-zaidan.or.jp/
発　売　株式会社 KADOKAWA
〒102-8177 東京都千代田区富士見2-13-3
電話 0570-002-301（ナビダイヤル）
https://www.kadokawa.co.jp/
印刷製本　中央精版印刷株式会社

 ISBN978-4-04-884484-0 C0092